MARIO LE MAGNIFIQUE

MIKE LEONETTI   ILLUSTRATIONS DE **GARY CHATTERTON**

Texte français de
Marie-Carole Daigle

Éditions
SCHOLASTIC

Remerciements

L'auteur aimerait remercier les auteurs et producteurs des sources suivantes :
livres : Mike Bynum, Ron Cook, Chuck Finder, Lawrence Martin, Dave Molinari, Paul Romanuk
et Jean Somnor; journaux et magazines: *The Globe and Mail*, *Pittsburgh Post-Gazette*,
Sports Illustrated, *The Hockey News*, *The Toronto Star*;
sites Internet : hockeyreference.com, lhjmq.qc.ca, youtube.com, nhl.com, Hockeybuzz.com;
vidéos : matchs 2 et 6 des North Stars du Minnesota aux finales de la Coupe Stanley 1991;
ouvrages de référence : *NHL Guide and Record Book*, *Total Stanley Cup*.

Précision :

Dans les pages qui suivent, tous les événements ayant trait à la carrière et aux réalisations de Mario Lemieux dans
le domaine du hockey sont véridiques.

Catalogage avant publication de Bibliothèque et Archives Canada

Leonetti, Mike, 1958-
[Magnificent Mario. Français]
Mario le magnifique / Mike Leonetti ; illustrations de Gary Chatterton ; texte français de Marie-Carole
Daigle.

Traduction de: The magnificent Mario.
ISBN 978-1-4431-0707-5

1. Lemieux, Mario, 1965- --Romans, nouvelles, etc. pour la jeunesse. I. Chatterton, Gary II. Daigle,
Marie-Carole III. Titre.
IV. Titre: Magnificent Mario. Français.

PS8573.E58734M3414 2011   jC813'.54   C2011-902466-7

Édition publiée par les Éditions Scholastic, 604, rue King Ouest,
Toronto (Ontario) M5V 1E1 CANADA.

6 5 4 3 2 1   Imprimé au Canada 114   11 12 13 14 15

Cette histoire est dédiée à Mario Lemieux,
une véritable légende du hockey.
— M.L.

Il ne restait qu'une minute de jeu, mais le temps semblait s'être arrêté. Puis la sirène annonçant la fin du match s'est finalement fait entendre. Les Titans venaient de l'emporter 5 à 1 à nos dépens.

En quelques coups de patin, je me suis rendu auprès de Samuel, notre gardien de but, et je lui ai donné quelques tapes d'encouragement. Il avait toujours du mal à accepter nos défaites.

— Bien joué, lui ai-je dit. Ne t'en fais pas : on traverse seulement une mauvaise passe. On va s'améliorer.

Une fois dans l'auto, je songeais à tous les matchs que nous avions perdus.

— Papa, ai-je dit au moment où il se stationnait, je pense que je ne veux plus jouer au hockey.

Puis je me suis réfugié dans ma chambre et me suis laissé tomber lourdement sur mon lit.

Quelques minutes plus tard, papa est entré et s'est assis près de moi.

— Je sais que tu es découragé, Max, mais pense à Mario Lemieux.

Il m'a glissé une carte de hockey dans la main. C'était la carte de hockey recrue de Mario Lemieux.

— Lorsqu'il s'est joint aux Penguins de Pittsburgh, a-t-il ajouté, c'était la dernière équipe de la ligue. Mais il a travaillé dur pour en faire une formation gagnante. Et maintenant, les Penguins ont de bonnes chances de se classer pour les séries éliminatoires. Cette équipe n'y serait jamais arrivée si Mario avait renoncé.

Il s'est levé.

— Si tu redoubles d'efforts pour t'améliorer, tu verras peut-être une grande différence, m'a-t-il dit. Rappelle-toi que Mario a fait ses débuts dans une équipe qui s'appelait les Hurricanes, comme la tienne.

Papa avait raison. Je ne pouvais pas abandonner.

4

Mario Lemieux a habité à une rue de notre maison, dans l'ouest de l'île de Montréal.

Il n'avait que quatre ans la première fois que mon père l'a vu jouer. Papa m'a raconté que ce jour-là, il a vu Mario s'emparer du disque et déjouer deux joueurs de défense. Ensuite, il a fait une feinte qui a obligé le gardien de but à changer de position, ce qui lui a permis de marquer. Papa n'arrivait pas à croire qu'un enfant si jeune joue aussi bien.

6

Je me suis mis à lire tout ce que je pouvais trouver sur Mario. Il avait été nommé
« Meilleur joueur au Canada » lorsqu'il faisait partie de l'équipe de hockey junior de Laval.
Il a été le premier choix des Penguins en 1984 et il a accumulé 100 points l'année même où
il a été recruté. Pittsburgh n'avait pas une équipe du tonnerre, mais Mario avait tellement de
talent qu'il a pu revendiquer 100 points ou plus durant six saisons consécutives. Une année,
il a marqué 86 buts!

J'ai parlé de Mario Lemieux aux autres durant l'échauffement avant le match suivant.

— On peut s'inspirer de Mario, ai-je proposé. Il tient bon coûte que coûte. Un jour, son équipe tirait de la patte, et elle allait perdre 6 à 1. Eh bien, il a finalement compté 6 buts, et le match s'est soldé par une victoire de 7 à 6!

— C'est bien beau, ton histoire, a répliqué Samuel, mais nous n'avons pas de Mario Lemieux, nous!

— Oui, mais si on se donne tous à cent pour cent et qu'on travaille vraiment en équipe, peut-être qu'on commencera à gagner.

Je jouais au centre, comme Mario, et je voulais l'imiter. Il comptait des buts spectaculaires. Il a même rivalisé avec Wayne Gretzky pour le titre de « Meilleur joueur de la LNH »! Et lorsqu'on lui a demandé pourquoi il ne faisait pas partie d'une équipe championne, il a répondu : « Je sais que je poserai, un jour, mes lèvres sur cette coupe. J'en suis convaincu. »

Je souhaitais vraiment le croire, mais ce n'était pas évident... Mario s'est blessé au début de la saison 1990-1991. La plupart des gars de mon équipe disaient que les Penguins n'avaient aucune chance de gagner sans lui. Mais ils oubliaient que Pittsburgh avait réussi à bâtir une bonne équipe. Il y avait Jaromir Jagr, Joe Mullen, Paul Coffey, Kevin Stevens, Mark Recchi, Bryan Trottier et le gardien de but Tom Barrasso. Un peu plus tard dans la saison, Mario est finalement revenu au jeu. Quel bonheur de voir à nouveau le numéro 66 en pleine action!

— Ils ont maintenant une chance de gagner, ai-je dit à mon père un soir où nous étions installés dans le salon pour suivre le match opposant les Penguins aux Canadiens.

Au même instant, Mario a marqué le premier but du match! Quelques jours plus tard, il a compté deux buts, permettant ainsi aux Penguins de déloger les Rangers de New York de leur première place dans la division. Mario reprenait du poil de la bête au moment crucial!

Quant à nous, il nous arrivait encore de perdre, mais nous savourions aussi des victoires. Nous étions tous fiers de notre équipe et tout le monde travaillait très fort pour se rendre aux éliminatoires.

Un jour, notre entraîneur, M. Michaud, m'a pris à part.

— Max, tu t'en tires vraiment bien. Et je suis impressionné par tes efforts pour motiver tes coéquipiers.

— On a été l'équipe la plus faible durant un bon bout de temps, ai-je répondu. Mais comme Mario Lemieux, je suis persuadé qu'on peut s'améliorer si on a vraiment confiance en soi et en son équipe.

En avril, les Penguins ont participé aux séries éliminatoires. Ils ont battu le New Jersey en première ronde, puis Washington à la suivante. En troisième ronde, les amateurs ont eu peur lorsque les Penguins se sont inclinés deux fois de suite devant Boston, mais ils ont gagné les quatre matchs suivants! Ils allaient se rendre à la finale de la Coupe Stanley!

Lorsqu'ils ont perdu leur premier match contre les North Stars du Minnesota, j'ai été extrêmement déçu. À ce moment-là mon père, photographe sportif, a été affecté à la couverture du match suivant, à Pittsburgh.

— Hé, Max, que dirais-tu si je t'emmenais? Je connais quelqu'un qui peut t'avoir un billet!

J'avais la chance incroyable de voir Mario jouer à la finale de la Coupe Stanley!

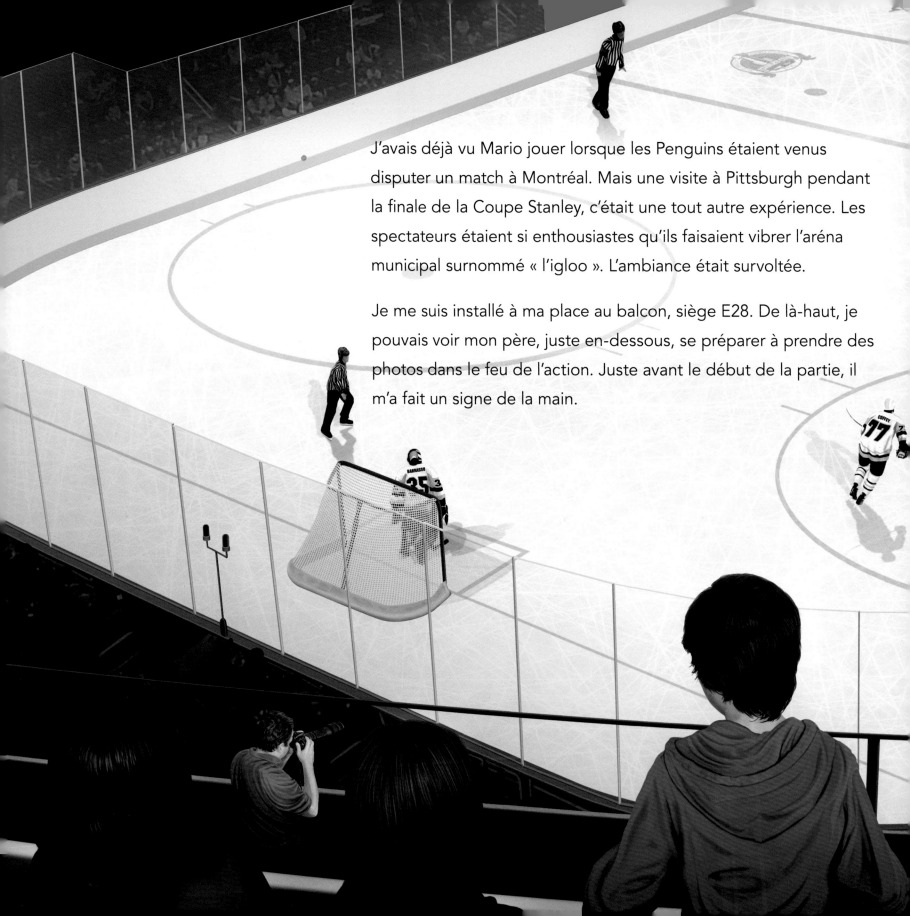

J'avais déjà vu Mario jouer lorsque les Penguins étaient venus disputer un match à Montréal. Mais une visite à Pittsburgh pendant la finale de la Coupe Stanley, c'était une tout autre expérience. Les spectateurs étaient si enthousiastes qu'ils faisaient vibrer l'aréna municipal surnommé « l'igloo ». L'ambiance était survoltée.

Je me suis installé à ma place au balcon, siège E28. De là-haut, je pouvais voir mon père, juste en-dessous, se préparer à prendre des photos dans le feu de l'action. Juste avant le début de la partie, il m'a fait un signe de la main.

Il fallait absolument que les Penguins gagnent cette partie, et ils le savaient. À la fin de la première période, ils menaient 2 à 0. Lemieux a donné le coup d'envoi au deuxième but en interceptant la rondelle en plein vol pour la diriger vers Kevin Stevens, qui l'a prestement envoyée dans le but. Mais l'équipe du Minnesota a compté en deuxième période. Je commençais à craindre le pire.

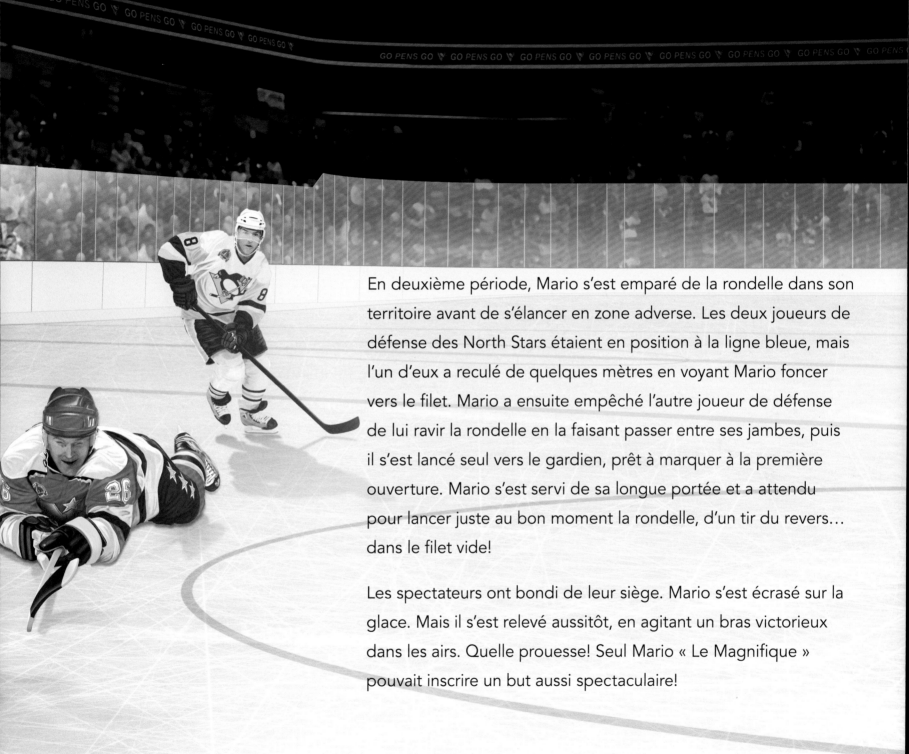

En deuxième période, Mario s'est emparé de la rondelle dans son territoire avant de s'élancer en zone adverse. Les deux joueurs de défense des North Stars étaient en position à la ligne bleue, mais l'un d'eux a reculé de quelques mètres en voyant Mario foncer vers le filet. Mario a ensuite empêché l'autre joueur de défense de lui ravir la rondelle en la faisant passer entre ses jambes, puis il s'est lancé seul vers le gardien, prêt à marquer à la première ouverture. Mario s'est servi de sa longue portée et a attendu pour lancer juste au bon moment la rondelle, d'un tir du revers... dans le filet vide!

Les spectateurs ont bondi de leur siège. Mario s'est écrasé sur la glace. Mais il s'est relevé aussitôt, en agitant un bras victorieux dans les airs. Quelle prouesse! Seul Mario « Le Magnifique » pouvait inscrire un but aussi spectaculaire!

Les North Stars du Minnesota n'ont pas contesté ce superbe but signé Mario Lemieux, et les Penguins l'ont emporté 4 à 1, égalisant ainsi la série.

Papa et moi avons parlé de Mario durant tout le vol de retour.

— Je me souviens de la veille du jour de l'An 1988, m'a raconté papa. Ce soir-là, Mario a compté cinq buts, chacun d'une façon différente : en égalité numérique, en désavantage numérique, en attaque à cinq, en tir de punition et dans un filet vide. On n'avait jamais vu un tel exploit! Pittsburgh a gagné 8 à 6 et Mario a contribué à chacun des buts. J'ai vu beaucoup d'excellents joueurs, mais je dirais que Mario est probablement le meilleur de tous.

— Je voudrais tellement qu'il gagne la Coupe Stanley! ai-je répondu. Tant qu'il n'y sera pas parvenu, il ne sera pas considéré comme un grand joueur.

De retour à la maison, mon coup de patin, mes passes et mes tirs se sont graduellement améliorés. Mes coéquipiers semblaient eux aussi mieux jouer. Dans nos pratiques, nous insistions sur le jeu d'équipe. Les Hurricanes se donnaient à fond, peu importe le pointage. Résultat? Nous gagnions encore plus souvent!

Tant et si bien que nous sommes parvenus, de justesse, à nous classer pour participer aux éliminatoires! Lors du match contre les Titans, nous perdions pourtant 4 à 2 au début de la troisième période. Mais nous avons continué de les mitrailler. C'est ce qui nous a permis d'inscrire deux buts, dont un que j'ai marqué à la dernière minute de jeu. Nous l'avons ainsi emporté 5 à 4, évinçant du coup notre adversaire des éliminatoires! Nous étions aussi fiers que si nous avions gagné le championnat!

Malheureusement, nous avons été éliminés en deuxième ronde. Mais nous pouvions tout de même dire que nous avions eu une bonne année.

Blessé, Mario a dû manquer le match suivant. Son équipe a perdu. Lorsqu'il a été de retour au jeu, Pittsburgh a pris une avance de 3 à 2 dans les séries. Le sixième match avait lieu au Minnesota, et papa avait encore été désigné pour prendre des photos. Mais je suis resté à la maison et j'ai suivi le match à la télé.

Les Penguins ont marqué un but après à peine deux minutes de jeu, grâce à Joe Mullen. Mario a reçu une belle et longue passe, s'est élancé au-delà de la défense des North Stars et a marqué un autre de ses buts mémorables! Mario a ensuite fait de superbes passes qui ont permis d'inscrire trois autres buts. Les Penguins ont finalement arraché une victoire de 8 à 0. Mario avait enfin gagné sa coupe, comme il l'avait prédit!

Mario a aussi remporté le trophée Conn Smythe, décerné au joueur ayant été le plus utile à son équipe pendant les séries éliminatoires. Mais c'est la Coupe Stanley qu'il voulait vraiment gagner. Bien en vue sur une table placée au centre de la patinoire, elle semblait toute petite à côté de lui. Il l'a tenue au-dessus de sa tête, puis ses coéquipiers se sont jetés sur lui.

Lorsque papa est arrivé à la maison, il m'a donné une photo qu'il avait prise de Mario. Je l'ai fait signer par Mario en personne, un jour où il est venu dans notre quartier pour montrer la coupe.

J'ai mis la photo sur ma commode. Tous les jours, quand je la regarde, elle me rappelle que victoire et persévérance vont de pair. Je m'imagine parfois en train de recevoir un trophée. C'est d'ailleurs presque arrivé, cette année. Peut-être que l'an prochain, nous pourrons, nous aussi, brandir une coupe au-dessus de nos têtes, comme Mario et ses coéquipiers des Penguins.

QUELQUES MOTS SUR MARIO LEMIEUX

Mario Lemieux est né à Montréal le 5 octobre 1965. Il faisait partie de l'équipe de hockey junior de Ville-Émard, quartier montréalais où il a grandi. Il s'est ensuite joint aux Voisins de Laval, une équipe de la LHJMQ. Il a accumulé 282 points (133 buts, 149 mentions d'aide) en 70 matchs au cours de la saison 1983-1984. En 1984, il a été le premier choix des Penguins de Pittsburgh au repêchage de la LNH. Mesurant 1,95 m et pesant 105 kg, Mario Lemieux portait les espoirs d'une licence en difficulté sur ses larges épaules. Mario était timide et parlait peu anglais à l'époque, mais il s'exprimait par son talent. Il a marqué un point dès sa première apparition sur la glace au sein de la LNH, le 11 octobre 1984, dans un match contre les Bruins de Boston. À la fin de sa première année, il avait réussi à accumuler 100 points, ce qui lui a permis de décrocher le trophée Calder décerné à la meilleure recrue de l'année. Les Penguins ne se sont rendus qu'une fois en séries éliminatoires au cours des six premières années, mais ils ont ensuite gagné la Coupe Stanley en 1991 et en 1992. Mario a également obtenu, à ces deux reprises, le trophée Conn Smythe. Pendant la saison 1992-1993, Mario a appris qu'il était atteint d'un lymphome de Hodgkin, une forme de cancer. Il a suivi des traitements de radiothérapie et est retourné au jeu, terminant l'année avec le titre de « Meilleur compteur de la LNH ». Il a affiché 160 points en 60 rencontres seulement. À six reprises, il a été le joueur de la ligue à amasser le plus de points dans l'année; on lui a d'ailleurs décerné trois fois le titre de « Joueur le plus utile à son équipe ». Invité neuf fois dans l'équipe d'étoiles (dont six dans la première équipe), il faisait partie d'Équipe Canada lorsque cette dernière a gagné la Coupe du Canada (1987), la médaille d'or aux Jeux Olympiques (2002) et la Coupe du Monde (2004). À la fin de la saison 1996-1997, il a annoncé qu'il se retirait de la LNH, et on lui a fait une place au Temple de la renommée du hockey en 1997. Il a cependant décidé de revenir en 2000-2001 et a pris sa retraite pour de bon après la saison 2005-2006. Mario Lemieux a terminé sa carrière avec 690 buts et 1 033 mentions d'aide à son actif, d'où un résultat total de 1 723 points en 915 matchs. Durant son illustre carrière, il est parvenu à six occasions à marquer 50 buts ou plus en saison et il a inscrit 100 points ou plus à dix reprises. À sa retraite, Mario Lemieux est devenu l'un des propriétaires de l'équipe de Pittsburgh qui, en 2009, a remporté la Coupe Stanley une troisième fois.